Lucien LAMBEAU

Un Vieux Logis Parisien

L'HOTEL

DE LA

VIEUVILLE

EXTRAIT
de **La Cité**, Bulletin historique du 4ᵐᵉ arrondissement.

LILLE
IMPRIMERIE LEFEBVRE-DUCROCQ

1902

à M. de Villard

témoignage de vive sympathie

L. Lambeaux

Lucien LAMBEAU

Un Vieux Logis Parisien

L'HOTEL

DE LA

VIEUVILLE

EXTRAIT

de **La Cité**, Bulletin historique du 4ᵐᵉ arrondissement.

LILLE

IMPRIMERIE LEFEBVRE-DUCROCQ

1902

UN VIEUX LOGIS PARISIEN

L'Hôtel de la Vieuville

Dans une cour carrée, séparée seulement de la rue Saint-Paul par un mur de cinq ou six mètres de hauteur, se dressent, au midi et à l'est, les façades en brique avec chaînes de pierre des deux ailes de l'*Hôtel de la Vieuville,* sis rue Saint-Paul n° 4, au coin du quai des Célestins.

Après le musée de Cluny, après l'hôtel de Sens de la rue du Figuier, avant la maison de la Reine Blanche du quartier des Gobelins, nous ne connaissons rien, à Paris, de plus remarquable que cet hôtel, comme habitation complète du commencement du XVIe siècle.

C'est avec intention que nous venons d'ajouter au nom de l'hôtel de Sens, les mots : de la rue du Figuier, car il y eut un premier hôtel de Sens à la place justement occupée aujourd'hui par cet hôtel de la Vieuville dont nous voulons, à grands traits, esquisser le curieux profil.

La préhistoire, si l'on peut dire, de l'hôtel de la rue Saint-Paul n° 4, se perd, en effet, dans la nuit des temps de l'histoire de Paris. Il y avait là, à la fin du XIIIe siècle, au bord de la rivière, à l'angle de cet ancien chemin déjà bâti qui s'appelait la rue Saint-Paul, quelques masures, granges et jardins, qu'un archevêque de Sens, du nom de Becquard, acheta pour y édifier le logis des métropolitains de Paris. En ce temps-là, on le sait, Paris, qui n'était qu'évêché, dépendait de l'archevêché de Sens.

Le titulaire de ce titre devait donc avoir à Paris son hôtel.

Quand Charles V entreprit, non pas la construction de sa maison près Saint-Pol, mais la réunion et l'acquisition des divers immeubles devant former l'ensemble qu'il appela son logis « *des grans esbattements* », il voulut avoir cet hôtel de Sens qui terminait, du côté de la rivière, l'immense quadrilatère qu'il avait assigné à sa demeure des champs et qui était circonscrit par les rues Saint-Paul, Saint-Antoine, du Petit-Musc et le bord de l'eau.

Il en fit donc l'acquisition à Guillaume de Melun, alors archevêque de Sens, et l'incorpora à son hôtel royal de Saint-Pol.

L'hôtel de la Vieuville actuel, disons-le tout de suite, n'occupe qu'une très faible partie de celui des archevêques de Sens ; ceux-ci, dépossédés par l'acte de cession de 1365, furent dotés, en compensation, outre une somme en argent, du logis d'Hestoménil, situé près des Béguines de l'Ave Maria, à l'emplacement de l'hôtel de Sens actuel, au coin des rues du Figuier et de l'Hôtel-de-Ville, où ils installèrent leur demeure.

On verra plus loin que, lors du démembrement de l'hôtel Saint-Pol, François Ier céda à Gayot de Genouillac toute la partie sise au bord de la rivière, de la rue du Petit-Musc à la rue Saint-Paul.

Que furent, au point de vue architectural, ce premier hôtel de Sens, cette fraction de l'hôtel Saint-Pol, ce logis de Genouillac ?

On ne sait guère.

Aussi, renverrons-nous ceux qui veulent être bien renseignés, tout au moins sur la maison royale de Saint-Pol, à la très complète monographie écrite par M. Fernand Bournon sur l'hôtel de Charles V [1], et reviendrons-nous à notre sujet, c'est-à-dire à l'Hôtel de la Vieuville.

L'aile nord-sud, ainsi que nous l'avons dit, est un vaste bâtiment en briques avec chaînes de pierre, mesurant environ 25 mètres de longueur sur 15 mètres de hauteur, sous le toit.

---

(1) L'hôtel Saint-Pol, par Fernand Bournon, *Mémoires de la Société de l'histoire de Paris,* tome VI (1879).

Il est composé d'un rez-de-chaussée et d'un premier étage. Dans le toit se dressent deux mansardes également en brique, établies, selon nous, bien postérieurement à la construction de l'hôtel et qui semblent dater du XVIIe siècle ; elles sont, en effet, d'un dessin semblable à celles, très nombreuses encore, construites à cette époque. L'une de ces deux mansardes, celle du sud, a coupé complètement l'entablement ou corniches, à la mode du siècle que nous citons, tandis que l'autre est resté au-dessus. Le premier étage de ce bâtiment est absolument intact, il est percé de trois hautes fenêtres de proportions superbes et de deux plus étroites mais aussi hautes, situées aux deux extrémités. Ces fenêtres sont décorées de moulures extérieures qui les encadrent de la plus élégante façon et qui sont conçues dans le plus pur style de la fin du XVe siècle ou du commencement du XVIe. Sous le toit, très haut, à pente assez rapide, et qui doit avoir conservé ses tuiles anciennes, règne une corniche moulurée en pierre, d'un beau profil. Entre le toit et les hautes fenêtres, court, sur toute la longueur du bâtiment, un bandeau en saillie formant talus et faisant office de larmier ; un autre bandeau ou larmier semblable se retrouve également au-dessous de ces fenêtres.

Le rez-de-chaussée présente la même disposition, sauf pour l'ouverture du milieu qui est aujourd'hui murée et remplacée par un jour de souffrance.

Cette large surface était jadis, il ne saurait guère en être autrement, ou une haute fenêtre comme celle du premier étage ou une porte de même dimension. La symétrie des ouvertures, en effet, et l'éclairage intérieur n'auraient pas permis de laisser une aussi vaste surface dépourvue d'une baie quelconque. La peinture des briques, d'ailleurs, et le soubassement en larges pierres murant la précédente ouverture, portent la marque d'une édification assez récente.

Nous ajouterons, à cela, le souvenir des vieux habitants du quartier, lesquels se rappellent fort bien, que du temps de l'occupation de l'Hôtel par les *Eaux clarifiées*, les voitures de cette Compagnie passaient de la grande cour de la rue

Saint-Paul dans celle de la rue des Lions justement par cette ouverture qui était une porte.

Ce rez-de-chaussée était donc éclairé par trois larges baies flanquées de deux plus étroites aux deux extrémités ; ces baies ont également leurs fines moulures extérieures comme celles du premier étage.

Quatre hauts contreforts ou plutôt quatre pilastres, de légère saillie, séparent toutes les fenêtres, et partent du pied du mur pour aller se fixer dans la corniche. La construction en brique commence à deux mètres du sol ; elle est assise sur un soubassement construit en larges pierres.

L'aile est-ouest qui, à angle droit, vient se souder à celle nord-sud, est plus pittoresque encore que le bâtiment que nous venons de décrire. Comme ce dernier, elle est édifiée en brique avec chaînes de pierre ; et aussi en pierre, les encadrements de fenêtres, les contreforts, les bandeaux et les corniches. Elle est composée d'une tour carrée formant cage d'escalier, montant à une hauteur de deux étages et mesurant environ 5 mètres de largeur. Une corniche moulurée couronne cette tour et un toit pointu de forme triangulaire la surmonte. Deux hautes et étroites fenêtres, aux fines moulures intactes, l'une au 1ᵉʳ étage, l'autre au 2ᵉ, l'éclairent largement.

Cette tour commande un bâtiment beaucoup moins élevé que le précédent, mais composé néanmoins d'un rez-de-chaussée et d'un premier ; en son milieu s'ouvre une porte de 5 mètres d'ouverture, à arc surbaissé d'une belle hardiesse et ayant conservé, à ses deux montants, la mouluration du XVIᵉ siècle.

Cette porte ouvre sur une voûte qui conduit à une petite cour située entre ce bâtiment est-ouest et celui qui borde le quai des Célestins.

Précédemment, une autre baie de même allure, quoique de plus petite dimension, mais également à arc surbaissé, existait au pied de la tour et donnait accès de la grande cour, dans l'escalier. Elle a été murée avec un retrait de 30 centimètres environ et une fenêtre carrée y a été conservée, mais ce retrait permet de juger de l'effet que pouvait apporter dans

l'ensemble, cette large ouverture, qu'une estampe du XVIIIe
siècle montre précédée d'un perron de plusieurs marches.
Le 1er étage est éclairé par une large fenêtre et par deux autres
plus étroites ; toutes trois ont conservé leurs fines moulures.

A quelques centimètres de la corniche, immédiatement
au-dessus des fenêtres, un bandeau, en forme de larmier,
court sur cette façade et vient, en montant et en descendant,

silhouetter, de la façon la plus heureuse, la fenêtre du 1ᵉʳ étage de la tour. Un second bandeau larmier, comme dans le bâtiment nord-sud, vient également saillir au-dessus du rez-de-chaussée.

Le toit de ce dernier bâtiment est-ouest a dû être modifié ; il était évidemment en pente raide comme celui de l'autre aile ; pour des besoins particuliers, il a été probablement transformé en mansarde au siècle dernier. Il est couvert en ardoises.

On retrouve, dans la grande cour de la rue des Lions, nᵒ 17, le derrière du bâtiment nord-sud que nous venons de décrire ; il est éclairé par de hautes fenêtres moulurées à la façon du XVIᵉ siècle, mais sa façade en brique a été recouverte d'un épais plâtrage qui en dénature l'aspect. Ces hautes fenêtres, au temps de la splendeur de l'Hôtel, donnaient sur les jardins qui longeaient la rue des Lions.

Dans cette cour, se voit aussi un grand bâtiment orienté de l'est à l'ouest, orné de hautes mansardes à frontons triangulaires et circulaires, lesquels frontons chargés de sculptures qui semblent dater du commencement du XVIIᵉ siècle.

Ces mansardes viennent couper, à la mode de ce temps, l'entablement décoré d'ornements fort bien sculptés. Ce bâtiment bordait jadis le jardin de la Vieuville, mais faisait-il partie de l'Hôtel ? Il serait bien difficile d'en répondre, quoiqu'il y ait de grandes présomptions pour l'affirmative.

En ce qui concerne la plus petite des deux cours, celle qui borde le quai des Célestins, derrière les bâtiments en façade sur ce quai, elle ne présente plus aucun caractère. L'aile est-ouest qui la sépare de la grande cour de la rue Saint-Paul, n'a plus, comme sur cette dernière, sa façade brique et pierre ; tout a été replâtré et rebadigeonné à outrance ; on n'y voit plus que l'arc surbaissé et la voûte qui font communiquer entre elles, les deux cours de la maison.

Les intérieurs n'ont rien conservé de la décoration somptueuse d'antan ; seul, le grand escalier, qui ouvre sous l'arc surbaissé du bâtiment est-ouest et qui, par la tour que nous avons décrite, conduit au premier étage, a gardé la grande allure d'un logis seigneurial.

Sa cage, de proportions très importantes, est éclairée par de hautes fenêtres donnant sur la grande et sur la petite cours; elle possède une rampe en fer forgé d'une courbe gracieuse et d'un beau dessin qui rappelle l'époque de la Régence.

Dans les motifs principaux de cette décoration finement martelée, se voient encore les C enlacés qui soulignent, sans doute, le passage de Chiquet de Champrenard qui posséda l'Hôtel en 1741. Postérieurement, un encorbellement fut ajouté au premier étage de cet escalier, qui eut pour résultat de détourner l'entrée des appartements. Il eut aussi, selon nous, celui de dénaturer cette belle cage et d'en diminuer les solennelles proportions. La rampe de cet encorbellement est d'ailleurs bien inférieure à celle de l'escalier.

Malgré quelques modifications hétéroclites, apportées dans cette superbe demeure, l'ensemble extérieur est encore du plus curieux effet. Il y a là, dans cette vaste cour, occupée par une entreprise de messagerie, un des coins les plus pittoresques de Paris, avec son encombrement de voitures, de chevaux, de poules et même de fumier, et qui n'a réellement pas changé depuis quelques siècles, c'est-à-dire depuis que les hauts seigneurs ont quitté les vieilles salles demi-gothiques de l'hôtel du XVIe siècle, pour n'y plus jamais revenir.

Quel est cet hôtel d'une si belle conservation, du moins en ce qui concerne les deux façades en briques de la rue Saint-Paul? Quelle est cette maison qui caractérise son époque d'une façon aussi intense et dans laquelle on retrouve les mêmes détails de style et de construction que l'on peut admirer à l'hôtel de Sens, à la maison de la Reine Blanche de la rue des Gobelins et à l'hôtel de Cluny?

Il nous paraît bien difficile de le savoir. Son propriétaire actuel, M. le comte d'Aucourt, un érudit en même temps qu'un amateur éclairé de notre vieux Paris, n'en sait rien lui-même, et ses titres de propriété, actes incomplets de l'état civil du vieux logis, ne lui ont rien appris à ce sujet. Il n'en sait pas autre chose, tout au moins, que ce qu'en disent avec un ensemble parfait et une désespérante monotonie les principaux historiens de Paris : Sauval, Piganiol, Jaillot, Felibien, Lefeuve, les frères Lazare : à savoir, qu'en 1516, François Ier vendit à fort bon compte, à Jacques Gayot de Genouillac, Grand Maître et Capitaine général de l'Artillerie de France, la partie de l'hôtel Saint-Pol située sur le quai des Célestins, depuis la rue des Barrés jusqu'à la rue du Petit-Musc.

Comme au XIIIe siècle, au temps de l'archevêque Becquard, ces espaces étaient redevenus des masures, des ruines, des chantiers dont à tout prix il fallait se défaire ; ce n'était plus, selon l'expression du Roi, que les restes inutilisables d'un « grand hostel fort vague et ruineux » tout au plus bon à récompenser le vieux serviteur des guerres d'Italie qu'était messire Gayot.

Nous espérions encore, bien faiblement il est vrai, et en raison du nom de son auteur, M. Gourdon de Genouillac, descendant du Grand Maître de l'Artillerie, trouver quelques renseignements dans l'*Histoire de Paris à travers les siècles;* mais, comme ailleurs, nous n'y relevons que la concession de 1516.

Sur quel point de cette énorme concession Jacques Gayot vint-il se fixer ; et l'hôtel, que nous venons d'essayer de décrire et que M. Maurice du Seigneur indique comme étant du commencement du XVIe siècle, a-t-il été construit par lui?

Nous n'eussions pas été éloigné de le croire, sans l'affirmation contraire du bibliophile Jacob qui écrit à ce sujet :

« La plupart des hôtels qui avaient composé l'hôtel royal « de Saint-Paul étaient devenus, au moyen de quelques « reconstructions et remaniements, des hôtels particuliers « possédés par des familles nobles, ainsi le vieil hôtel attenant « par derrière à l'*Hôtel de la Vieuville*, est l'Hôtel de « Jacques de Genoilhac, qui avait approprié à son usage « personnel l'Hôtel des Lions du Roi, et qui, en sa qualité de « grand écuyer de France, adjoignit de vastes écuries à sa « résidence ordinaire. [1] »

---

1. *Paris à travers les âges*, t. II. Bastille, St-Paul, Arsenal, p. 24.

Le bibliophile Jacob n'est pas, à la vérité, tout à fait d'accord avec Jaillot, qui prétend tenir d'un document émanant de la Chambre des comptes, que l'hôtel des Lions fut donné à perpétuité, à Anne de Reynes, le 3 mai 1523.

M. le comte d'Aucourt, que nous citons ailleurs, et qui est le propriétaire actuel de cet immeuble, donne, dans sa publication relative aux anciens hôtels, les indications suivantes :

Hôtel de la Vieuville, rues Saint-Paul, des Lions et quai des Célestins :

Hôtel des archevêques de Sens. — Hôtel Royal Saint-Paul. — Gaillot de Genouillac. — 1652, de la Vieuville. — 1741, J. Chiquet de Champrenard. — 1777, de Vouges de Chanteclair. — Messageries de Paris à Lyon. — 1793, Cardon, manufacture de tabacs. — 1808, Eaux clarifiées. — 1850, comte Happey. — 1885, comte d'Aucourt [1].

Nous disions plus haut que nous accepterions volontiers la version de la construction de cet immeuble par Gayot de Genouillac ; en effet, d'après Sauval, Gayot, qui meurt en 1546, quelques mois après sa nomination de gouverneur du Languedoc, ne prend possession de sa concession que vers 1519, la Chambre des comptes ayant fait traîner pendant trois ans les formalités de cette aliénation, sous prétexte qu'elle avait été faite sans proclamation de criées.

Or, cette date de 1519 semble bien représenter, comme époque, l'époque du style de la construction. Il serait peut-être hasardé de la croire postérieure.

Et cependant, il a paru au bibliophile Jacob, en contradiction avec M. Maurice du Seigneur, qu'elle ne devait pas remonter au-delà du règne de Henri III, c'est-à-dire de 1574 à 1589.

De ce côté, nous ne suivrons pas l'éminent auteur cité, pas plus d'ailleurs, quand il dit que le vieil hôtel attenant par derrière à l'hôtel de la Vieuville serait l'hôtel de Gayot de Genouillac. Qui le lui prouve, en effet, et pourquoi ledit

---

1. *Les Anciens Hôtels de Paris*, par le comte d'Aucourt.

Gayot, à qui le roi François avait concédé tout le terrain compris entre la rue du Petit-Musc et la rue St-Paul, aurait-il construit son hôtel ailleurs qu'en bordure du quai qui était l'emplacement le plus séduisant des terrains cédés? La vérité, sans doute, est qu'il n'y avait pas *d'hôtel attenant par derrière à l'hôtel de la Vieuville,* il y avait l'hôtel de la Vieuville et c'était tout.

Si l'on fait, en effet, une excursion à travers tous les anciens plans de Paris, on trouve d'abord, dans celui de Gomboust, daté de 1652, l'hôtel à peu près tel qu'il existe aujourd'hui. Il a ses deux cours sur la rue St-Paul, la plus petite donnant sur le quai, la plus grande sur ladite rue. C'est justement cette dernière que nous avons décrite et qui contient les deux façades en brique et chaînes de pierre et l'arc surbaissé ouvrant un passage entre les deux cours. Sur ce plan, les jardins apparaissent distinctement et donnent derrière le bâtiment nord-sud, en s'étendant le long de la rue des Lions-St-Paul, ouverte de 1551 à 1564. L'hôtel y est dénommé de la Vieuville. Il y a là une coïncidence curieuse si l'on considère que le plan de Gomboust, gravé en 1652, porte la date de l'arrivée, d'après M. d'Aucourt, des la Vieuville à la rue St-Paul.

Les plans de Bullet et Blondel, 1670 à 1676; de Jouvin de Rochefort, 1672; de Nicolas de Fer, 1697; de Jaillot, 1713; présentent la même disposition des bâtiments que le plan de Gomboust et dénomment toujours la maison : Hôtel de la Vieuville. Celui de Lacaille, daté de 1714, indique fort exactement, en dessin cavalier, l'hôtel en question. Son importance est fort grande puisque, dans tout l'îlot circonscrit par le quai des Célestins, les rues St-Paul, des Lions et du Petit-Musc, deux hôtels seulement sont figurés avec leurs constructions: L'hôtel de la Vieuville et l'hôtel Fieubet. Le plan de Delagrive, 1728, montre les bâtiments en plan géométral, avec les jardins à leur même place et la porte de la rue St-Paul pénétrant dans la grande cour tandis qu'une autre, donnant sur le quai, pénètre dans la petite. La haute maison du commencement du XVIIIe siècle, située au coin de la rue des Lions et de la rue St-Paul, y est également indiquée. Le logis est toujours dénommé de la Vieuville.

L'admirable plan cavalier de Turgot, enfin, exécuté de 1734 à 1739, présente l'antique demeure, dans toute sa netteté, avec sa tourelle carrée de l'escalier et sa porte cochère monumentale sur la rue Saint-Paul. A la place des jardins il n'existe plus que l'immense cour actuelle de la rue des Lions dont nous avons parlé plus haut.

Le dernier plan sur lequel l'hôtel soit encore appelé de la Vieuville, est celui de Vaugondy, 1760, qui montre les bâtiments en dessin géométral.

La maison, on le voit, de la dernière moitié du XVIIe siècle jusqu'à nos jours, porte le nom de l'illustre famille du surintendant des finances de Louis XIII et de Louis XIV. Il ne serait peut-être pas facile, cependant, de nommer ceux de cette lignée qui le possédèrent.

M. d'Aucourt, qui détient maintenant ce logis, indique dans son curieux travail sur les vieux hôtels de Paris, que les la Vieuville y vinrent dès 1652. Il s'agit probablement du duc Charles, nommé Chevalier des ordres du Roi en 1609, grand Fauconnier de France, surintendant des Finances en 1623, disgracié et rappelé par Mazarin, rétabli dans sa charge de surintendant, époux de Marie Bouhier de Beaumarchais, mort en 1653 et inhumé aux Minimes de la place Royale en un somptueux tombeau sculpté par Gilles Guérin [1]. Son fils Charles, duc de la Vieuville, lieutenant-général des armées du roi en 1652, chevalier d'honneur de la reine en 1670, y habita vraisemblablement aussi, ainsi que quelques-uns des descendants de cette famille dont les armes étaient :

« *Ecartelé, aux 1 et 4 fascé d'or et d'azur de huit pièces,*
« *les deux premières fasces chargées de trois annelets de*
« *gueules,* qui est La Vieuville, en Artois, *aux 2 et 3 d'her-*
« *mine, au chef endenté de gueules,* qui est d'O, *sur le*

---

[1] Piganiol de la Force, *Description de Paris*, t. IV, page 333.

« *tout d'argent à 7 feuilles de houx d'azur*, qui est
« Cosquier. »

A ceux qui voudraient rapprocher de cette antique
demeure les figures des illustres personnages qui lui
donnèrent leur nom, il suffirait de se rendre au Musée du
Louvre, dans la salle de la sculpture française du XVIIe siècle.
Ils y verraient, dans l'éblouissement des chefs-d'œuvre des
Coysevox et des Coustou, deux superbes statues agenouillées,
de grandeur naturelle, dont le marbre est empreint d'une
ressemblance qui paraît sincère.

Ce sont les restes de ce fameux tombeau des Minimes,
conservés par Lenoir pendant la Révolution et dont le
Louvre a hérité du Musée des *Monumeuts français*. Le duc
Charles de La Vieuville, décédé en 1653, y est représenté
costumé selon la mode de Louis XIII, l'épée au côté, drapé
d'un ample manteau, longues moustaches et cheveux
bouclés : la tête d'un mousquetaire plutôt que d'un
surintendant. A côté, la belle Marie Bouhier, qui fait
pendant à son époux, y montre ses grâces un peu épaisses
et sa figure poupine aux cheveux collés à la manière d'Anne
d'Autriche.

C'est tout ce qu'il reste de cette splendeur : deux marbres
éternels et un vieux logis qui, hélas, ne l'est pas !

Celui qui écrit ces lignes n'a eu d'autre peine, pour les
tracer, que de regarder, par les hautes fenêtres ouvertes sur
l'ancienne cour de Gaillot de Genouillac, l'admirable page
d'architecture qui se déroulait devant lui.

Dans cette antique maison qu'il habite et d'où l'on voit, la
nuit venue, les clignotantes lumières de l'île Notre-Dame se
mirer dans la rivière, il a cru entendre plus d'une fois, en
songeant à tout ce passé, la sarabande de ceux qu'abrita la loin-
taine demeure, tournoyer dans la vieille cour en une ronde
macabre que semblait conduire l'archevêque Becquard.

La guirlande d'esprits s'enroulait et se déroulait, au bruit
du chapelet à têtes de mort sautant autour de la taille du

prélat de Sens ; au bruit du ricanement du pauvre fol Charles le sixième, qui erra plus d'une fois en cet endroit autour de ses grands lions ; au bruit du cliquetis de la cotte d'arme de maître Gayot, sinistrement secouée. Le long panache du vieux duc de La Vieuville en se balançant frénétiquement, dérangeait la haute perruque de Chiquet de Champrenard, laquelle, impitoyablement, balayait la poudre à la maréchale de Vouges de Chanteclair. Et puis, la course qui semblait se ralentir avec ces graves personnages, reprenait de plus belle, animée par les coups de fouet des postillons de la messagerie de Lyon, alors que le sans-culotte Cardon jetait dans les yeux creux des danseurs, des poignées de tabac d'Espagne et que les auvergnats de la Cie des Eaux clarifiées, arrosaient la farandole de leur mixture microbienne tant raillée par Mercier.

Quel habitant d'un vieux logis parisien n'a pas fait un rêve semblable ?

Alphonse Daudet en fit un, qu'il conta délicieusement, et qui inspira celui-ci.

Paris, le 5 décembre 1901.

Lucien LAMBEAU.